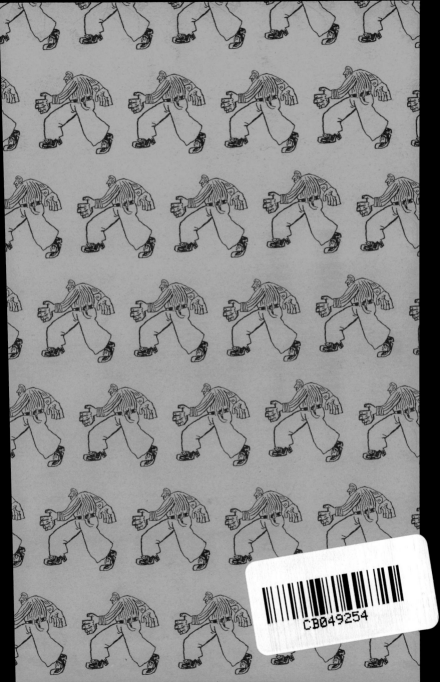

capa e projeto gráfico **Frede Tizzot**
e **Fabiano Vianna**

ilustrações **Fabiano Vianna**

revisão **Raquel Moraes**

encadernação **Lab. Gráfico Arte e Letra**

© Editora Arte e Letra, 2023
© Fabiano Vianna

V 617
Vianna, Fabiano
A inesperada gravidez da casa de lambrequim / Fabiano Vianna. – Curitiba : Arte &
Letra, 2023.
120 p.
ISBN 978-65-87603-53-7

1. Contos brasileiros   I. Título

CDD 869.93

Índice para catálogo sistemático:
1. Contos: Literatura brasileira   869.93
Catalogação na Fonte
Bibliotecária responsável: Ana Lúcia Merege - CRB-7 4667

Arte & Letra
Rua Des. Motta, 2011. Batel. Curitiba-PR
www.arteeletra.com.br / contato@arteeletra.com.br

Fabiano Vianna

A INESPERADA GRAVIDEZ DA CASA DE LAMBREQUIM

exemplar nº 032

Curitiba
2023

"Para me livrar das dúvidas sobre quais contos deixar ou cortar em meu novo livro, resolvi levá-los para minha amiga Mirna. Comentei que escrevi a história de um rapaz que não sabia costurar, mas que depois descobriu o dom para o comércio e foi trabalhar num armazém. Falei dos potypos, da galinha bicéfala, da invasão de sapos, de Carmela, Raquel, Arima, da galinha médium, do minotauro-piá, do lobisomem alfaiate e do lobisomem anão. Disse que havia mais um conto sobre o tio Felice e a Casa Roskamp, e também que Ana, desta vez, viajou para Curitiba na época dos Jogos Florais da Olímpia. Mirna ficou bem curiosa, me passou o valor e acabei aceitando sua ajuda. Uma semana depois, retornei à sua casa e peguei o livro. O primeiro conto é sobre uma casa de lambrequim que engravida."

A INESPERADA GRAVIDEZ DA CASA DE LAMBREQUIM

APRESENTAÇÃO

Por Carlos Machado (Curitiba, 2022)

"Nasceu uma barriga do lado de fora da casa de lambrequim." Como se a partir de um "calombo" saíssem todos os elementos pictóricos e literários dessa Curitiba gerada e narrada por seres "descomunais" que vivem um tempo-cidade peculiar.

Assim como Mirna, personagem que dá título ao primeiro livro de contos de Fabiano Vianna ("Quem costura quando mirna costura?", de 2021), que recebe do autor a tarefa de costurar as histórias a fim de dar um sentido entre elas, os leitores destes novos textos ficarão curiosos ao se depararem com os *potypos*, com a *galinha médium e a galinha bicéfala*, com o *minotauro-piá*, o *lobisomem alfaiate e o lobisomem anão*, ficarão também intrigados com a *invasão de sapos* e viajarão no espelho de Ana (também personagem do livro anterior) para uma Curitiba que existe na memória de um tempo (por mais antagônico que pareça, e por isso fabuloso) não vivido pelo autor. Na verdade, pouco importa que ele não tenha vivenciado essa época, pois, da mesma forma que faz Patrick Modiano, o arqueólogo da memória, Vianna parece se interessar mais pelas sombras dos fatos, do que pela realidade deles e se apropria naturalmente da afirmação do autor francês: *e mesmo onde não há, eu procuro os mistérios.*

E é ali, em busca do espelho de Ana, que o mundo em negativo acontece. Aquilo que não vivemos pode ser exatamente a descoberta das memórias que guardamos de nossas viagens, como afirma Marco Polo ao ser indagado pelo Kublai Khan nas *Cidades Invisíveis* de Ítalo Calvino. "É como se sua imaginação estivesse trancada junto com o espelho" e ao olhar do outro lado da rua, não encontramos mais os mesmos carros, as mesmas casas, nem as mesmas pessoas de sempre, mas sim, uma outra cidade-tempo nos é apresentada. E, rapidamente, somos convencidos (persuasão narrativa) de que os bondes elétricos transportam pessoas para cima e para baixo, algumas carregando objetos "como por exemplo uma senhora com uma casa de lambrequim dentro de uma gaiola", levantam voo ao cruzar o Passeio Público e tudo isso é absolutamente normal e corriqueiro nesse universo.

Cabe ao leitor deixar-se levar pelos cheiros, sons e imagens narrativas, vestir seu melhor traje, ajustar o chapéu para não perdê-lo com o vento, achar um lugar confortável na Rua XV e assistir ao desfile de abertura dos Jogos Florais de Olímpia, não sem antes admirar o dirigível riscando os céus curitibanos no início do século XX e, em seguida, segurar-se forte no bonde de volta para casa enquanto o carro fura as nuvens...

A INESPERADA GRAVIDEZ
DA CASA DE LAMBREQUIM

Nasceu uma barriga do lado de fora da casa de lambrequim.

O vô foi o primeiro que viu.

A vó não sabe quem a engravidou.

Desde então, muitos desejos.

Colocaram maçãs e peras. Um panelaço de risoto, sopa de batata com pinhão, strudel de maçã.

Aos oito, o bucho ficou enorme.

As ripas encurvadas como se fossem um balão. Ninguém sabia que podiam entortar tanto.

No dia do parto, vizinhos e parentes vieram ajudar.

A tia Sueli, comovida, lembrou de sua gestação e se emocionou.

No quintal, uma mesona com pinhões, bolos e pães de queijo.

O tio Nelo e os irmãos trouxeram sanfona e violões. Para alguns deles, tudo é pretexto para tocar uns sambas e compor canções.

Lá pelas quatro as ripas se romperam e o bebê saiu. Era uma linda e pequenina casa de madeira, réplica da maior. De cor azul piscina, com lambrequins amarelos. Ainda carequinha, com poucas telhas.

O vô e a vó pegaram no colo.

Os amigos fotografaram, aplaudiram.

***

A menina Maria cresceu e a casinha também.

Desde que tinha seis, já usava seus cômodos, brincava na mini cozinha, dormia na diminuta cama.

Mais tarde, virou local pra receber os amigos.

Aos dezesseis transformou num estúdio fotográfico.

Hoje em dia está do tamanho da casa da frente. Mora com seu marido Pedro e a filha. Aliás ontem à tarde sua filha Carmela entrou na cozinha dizendo que viu um calombo na parede de trás.

A GALINHA MÉDIUM

Beatriz possui uma galinha-d´angola que sente a presença de fantasmas dentro de casa.

Por causa disso, sempre é convidada pelos vizinhos e amigos para testar ou tirar a prova de possíveis aparições. Mas o problema é que a galinha não elucida nada. Apenas gira, feito um peão, na presença de algo. Funciona como uma espécie de alarme indicando apenas a localização do desencarnado. Às vezes é num quarto, no quintal, ou no final de um corredor.

"Que troço inútil", alguém diz.

Pois é. Cabe ao morador decidir se vai ou se fica, se prepara uma oferenda ou acende uma vela, se serve um conhaque ou um copo de marafo.

OS POTYPOS

"As cidades, como os sonhos, são construídas por desejos e medos, ainda que o fio condutor de seu discurso seja secreto, que as suas regras sejam absurdas, as suas perspectivas enganosas e que todas as coisas escondam uma outra coisa."
Italo Calvino

"(...) que, para Platão, a entidade do ente se determine como eidos (aspecto, vista) [Aussehen, Anblick], eis a condição historial longínqua, reinando longamente numa velada mediação, para que o mundo tenha podido se tornar imagem."
Martin Heidegger

Eu não faria ideia das pessoas descomunais que viveram em Curitiba, se não fosse um artigo que li numa revista de causos curitibanos que encontrei num sebo.

Achei o artigo muito inspirador. Escrito por *M. Schneider*, relata com precisão de detalhes a estatura das figuras que ele define como typos. Curioso que ele não utiliza o termo correto em latim *typus*, relativo à tipologia. E indica *typos* conforme distinções morfológicas. É como se *typo* fosse um nome e não um termo.

Foram apelidados também de potypos, neandertais paranaenses ou gigantes araucárias.

Schneider conta que estes gigantes habitaram a cidade durante um curto intervalo de tempo, depois nunca mais foram vistos. Não se sabe se formavam uma família de estrangeiros ou se eram nômades como os ciganos.

Mas o fato é que participaram ativamente na construção da cidade, numa época que o Estado crescia impetuosamente, principalmente por causa do desenvolvimento impulsionado pela cultura cafeeira.

Muito pouco se sabe. Moravam na região da Água Verde e Alto da Glória – um tanto afastados do centro e dos trajetos dos bondes. Trabalhavam comunitariamente, ajudando os pedreiros nas construções. Suas estaturas enormes e mãos amplas os privilegiavam no transporte de pedras e vigas.

Diz que foram muito úteis na construção da Biblioteca Pública e ajudaram a empurrar o vagão artesanalmente construído para a estátua da "Mulher Nua", que inicialmente foi colocada na frente do Tribunal do Júri. Porém, mais tarde, por protestos dos representantes da justiça, mudou-se para a Praça 19 de Dezembro, onde já se encontrava o "Homem Nu". Lugar que homenageia a história do Paraná – a data faz referência à emancipação política do Estado, que ocorreu em 1953. As duas esculturas são de autoria de Erbo Stenzel e Umberto Cozzo. Segundo Schneider, elas simbolizam muito mais que um "olhar alto, em direção ao futuro", mas uma representação fiel e proporcional destes typos, ou potypos.

Eram sujeitos de mãos enormes e traços angulosos. Homens e mulheres de poucas palavras, com rostos expressivos. Narigudos, vestiam-se com trapos de hachura. As mulheres eram ainda mais fortes – algumas puxavam carroças apenas com um dos braços. Eles surgiam sempre com objetos igualmente cavalares. Martelos amedrontadores, picaretas artesanais, pás e alicates. Eram, certamente, pessoas trabalhadoras.

O artigo de Schneider é baseado principalmente em ilustrações, porque quase ninguém os fotografou. É possível ter uma ideia das proporções nos desenhos. No principal, um deles segura o relógio da catedral durante uma reforma – auxiliando os pedreiros enquanto dois outros ajudam a empurrar um bonde elétrico descarrilhado na Rua Barão do Rio Branco.

Noutro desenho, estão centenas de pessoas assistindo a uma corrida de cavalos inaugural no Jockey

Clube. Em destaque o Governador Bento Munhoz da Rocha Netto, o prefeito Ney Braga, o Secretário de Saúde Joaquim de Mattos Barreto e outras figuras importantes da época. Logo atrás, em meio ao povo, veem-se pessoas bem altas, destacando-se na arquibancada. Um deles com um chapéu-coco e outro com uma cartola surrada.

Por volta de 1960, a prefeitura teve de intervir porque alguns se envolveram em confusões em bares da região central. Um deles matou um cidadão curitibano no bar do Tatu, quebrando-lhe o corpo ao meio apenas com as mãos. Para você ver a força que esses caras tinham... Fora que acabavam destruindo a maioria das portas dos estabelecimentos, principalmente quando bebiam a mais da conta.

O prefeito mandou sancionar uma lei que os impediu de frequentar o centro e trabalhar nas obras. Para isso criaram uma espécie de fundo, como um salário desemprego exclusivo.

Os protestos foram ferinos. Os gigantes sentiram-se discriminados. Alguns, revoltados, depredaram estações e botaram fogo em bancas de jornal. Um grupo se reuniu em frente ao Palácio Iguaçu, segurando placas que diziam "Não somos monstros" e "Direitos Iguais".

Porém, a negociação não teve sucesso, e o governo condenou-os ao exílio pelo ato constitucional número 8 e ½. Os potypos partiram para a violência. Policiais tiveram de contê-los. A revolta ficou conhecida como *Gigantomaquia*, fazendo menção à guerra dos gigantes da mitologia grega.

Apenas três potypos eram necessários para virar uma Rural Willys.

Sem condições de trabalho, muitos abandonaram Curitiba em direção ao interior. Carroças e rurais apinhadas de malas, sacolas, caixas e utensílios rumaram em direção ao norte e ao oeste.

Essa retirada, aliás, foi eternizada por uma pintura de D. Gonçalves, um pintor de Joinville que se mudou para Curitiba por volta de 1954. Eu me lembro de ter visto esse quadro no acervo do Museu Alfredo Andersen, anos atrás.

Foram caçados, no campo, feito gado. Soube de absurdas temporadas de caça aos Potypos e matadores especialistas em armadilhas de gigantes.

A matéria termina com depoimentos de leitores, que, convidados pela revista, relataram experiências e causos:

"(...) não eram tão altos como dizem. Tinham no máximo dois metros e meio. Tratava-se apenas de pessoas altas. Não há nada de errado nisso."

"Minha prima disse que eles eram vikings e vieram da Nova Zelândia. Por isso os cabelos ruivos. Falou também que eles comiam carne de javali e bebiam sangue de bode."

"Uma vez eu vi um deles, na beira do rio Barigui, quebrando um cabrito ao meio usando apenas as mãos. Um ser humano normal não é capaz de uma coisa dessas."

"(...) os móveis dentro da casa eram maiores que o normal, como se fossem especialmente fabricados. Eu quase não consegui enxergar o tampo da mesa. As madeiras eram pregadas de maneira tosca. Os tamanhos eram proporcionais a eles. Percebi a diferença principalmente na escada, pois eu tinha de fazer um esforço grande para subir os degraus."

"(...) eu voltava do cinema quando me deparei com um deles, na esquina da São Francisco. Ele estava tão bêbado que quase não conseguia se equilibrar. Passou por mim, andando torto, equilibrando-se nos postes e aí desabou sobre um carrinho de feno. O veículo se espatifou com seu peso e foi feno para todo lado. A roda desceu em direção à Riachuelo. Imagine só a quantidade de cachaça que é necessária para embebedar um sujeito daquele tamanho..."

"Eu conheço uma costureira que cosia as roupas deles. Ela me disse que todas as peças tinham de ser exclusivas, e os braços chegavam a medir 120 centímetros."

"(...) e a casa ainda está lá. Fica numa estrada de terra que cruza a Presidente Kennedy, perto da Igreja Ucraniana. Ela é de madeira, tão alta e disforme que parece uma capela. As janelas são tortas e os lambrequins possuem formatos muito estranhos."

"Contaram-me que uma guria do Guabirotuba engravidou de um deles e acabou morrendo no parto. Mas o nenê, que nasceu com quase 6 kg e 80 cm de comprimento, sobreviveu. Não sei se o pai foi embora ou se vive, no bairro, escondido até hoje."

"(...) não engulo aquela história de que um morador das imediações do Matadouro Municipal foi perseguido e pisoteado acidentalmente por bois. Que eu saiba tinha vários Potypos que moravam nas redondezas."

"Lembro que na reconstrução da Praça Osório, enquanto os jardineiros da prefeitura aravam a terra dos canteiros, os maiores seguravam e implantavam as pequenas árvores. Hoje em dia elas já estão enormes e quase não dá para perceber o desenho geométrico dos petit-pavets.*"*

"(...) o repuxo era abaixo do nível do solo. Apenas vinte anos depois que foi instalado o coreto e o relógio. Os

typos ajudaram a carregar os ripamentos e os caibros. Mas o relógio nunca chegou a funcionar."

"(...) *a carroça do colono quase passou por cima da criança e se o grande homem não tivesse tomado o controle das rédeas dos cavalos, a roda a teria esmagado!* Você precisava ver o quanto a mãe da menina ficou agradecida. Aconteceu ali no Largo da Ordem."

"*Eu lembro que, numa das enchentes da Barão do Rio Branco, muitos deles ajudaram a desencalhar os carros. A rua virou um lamaçal. Munidos de cordas e correntes muito grossas, os gigantes tiraram os veículos do lodo.*"

"(...) *ajudavam a carregar as crianças. Seus corpos eram tão pesados que a correnteza não os arrastava. A Praça Zacarias ficou completamente alagada. A lama invadiu até mesmo a casa dos maçons.*"

"(...) eu estava lá no meio da Guerra do Pente[1]. *Foi um fuzuê danado. Ninguém entendia o que estava acontecendo. As pessoas arremessavam pedras nas vitrines e chutavam as grades. Só depois fiquei sabendo que*

---

[1] No dia 8 de dezembro de 1959, o Subtenente Antônio Tavares, da Polícia Militar do Estado do Paraná, comprou um pente pelo valor de quinze cruzeiros e exigiu o comprovante do comerciante libanês Ahmed Najar. Mas aí houve uma discussão. O comerciário negou-se a emitir a nota porque o valor era muito baixo e ainda fraturou a perna do oficial. Assim começou o conflito conhecido como "A Guerra do Pente".

foi tudo por causa de um comerciante que não quis emitir uma nota. Vi alguns gigantes no meio da multidão, tentando apartá-los, separando os briguentos."

"(...) e as mulheres, como eram muito fortes, carregavam as caixas de pentes, no alto, para que os vândalos não os alcançassem. No final do dia, ao atravessar a rua, via-se pentes de todos os formatos e cores, espezinhados, quebrados, na boca dos bueiros. Uma dó!"

"Me falaram que eles foram morar lá pros lados de Ibaiti e Cornélio Procópio. Agora não lembro se ela disse Ibaiti ou Abatia."

"Uma parente minha de Irati disse que foram vistos por lá, mas que caminham feito mendigos e dormem sob marquises das igrejas e supermercados. Falou que não há nada de assustador neles, que são até bem prestativos e alguns trabalham na lavoura."

"Eu nunca vi gigante nenhum caminhando pela cidade. Para mim isso tudo é ficção. É como aquele causo de alienígenas que passou no rádio, e depois divulgaram que se tratava de uma história criada por um cineasta estadunidense."

"(...) e só o que resta são desenhos. Pinturas borradas, rabiscos disformes. Acho muito estranho que não haja uma fotografia sequer. Custo a acreditar que algo aconteceu se não foi fotografado."

A MULHER QUE INCORPOROU UMA GALINHA

Um cão defeca aos pés da estátua do índio que aponta para a igreja.

Uma mulher corpulenta usando coque corta o cabelo de seu filho, na frente de casa. O piá está sentado em uma cadeira de madeira e palha. A mulher está de pé. A mulher em pé é mais alta que o índio de pedra.

Eu acho que a mulher é uma potypa – dos gigantes que povoaram a cidade.

Se o piá que corta o cabelo se levantar e ficar em pé, fica maior do que a porta da minha casa. Ele usa uma capa de plástico para se proteger dos fios que caem.

Não sei dizer quando os gigantes chegaram.

Suas casas possuem pés-direitos enormes e são constituídas, em sua maioria, por tábuas espessas e lambrequins tortos, instalados toscamente.

Pedro chega eufórico, de bicicleta, me dizendo que a filha do dono da Casa Benedetti foi possuída pelo espírito de uma galinha.

"Nunca vi uma coisa dessa", respondo para ele, enquanto peço uma carona na bike para irmos até lá.

Há uma multidão de pessoas – grandes e pequenas – ao redor da casa. Logo depois de nós, chegam também a mulher corpulenta com tesouras no bolso e o piá-potypo, ainda com capa de plástico e o cabelo metade cortado.

A endemoniada cacareja em frente ao portão, batendo os braços como se fossem asas, cisca milhos invisíveis. A mãe, coitada – grita e chora aos pés das imensas e silenciosas araucárias.

Até que chega o senhor padre.

Me disseram que certa vez ele retirou o espírito de um tatu de um homem que estava há dias dentro de um buraco. Com um velho livro nas mãos, diz umas palavras em latim enquanto joga um líquido sobre ela. De repente o fantasma galináceo salta do corpo da menina e domina a mulher corpulenta perigosamente armada com tesouras e um pente. Na mesma hora é segurada por mãos gigantes dos potypos presentes. Mas a dona é forte e arremessa alguns homens longe. Quando cisca, arranca paralelepípedos, fazendo-os voar em janelas das casas em volta. Imagine uma galinha deste tamanho. O padre parece um ratinho dando voltas ao redor dela. Até que um dos gigantes – eu até o conheço de vista, mora ao lado de meu amigo Diego – consegue prendê-la com uma corda de laçar búfalos e o senhor padre consegue fazer a reza toda.

O espírito da galinha abandona o corpo e aparentemente não incorpora em mais ninguém. E a mulher, coitada, desmaia exausta.

A filha do dono da Casa Benedetti também.

Eu comento com Pedro que esse ritual foi barra pesada, e essa tensão toda me deu uma baita vontade de comer um risoto e ele me diz que talvez ainda dê tempo de descolar um na casa da Trude. Mas assim que sento na garupa da bici dele, ouço alguém dizer: "Vejam! Vejam! A potypa botou um baita ovo!"

SAPOLÂNDIA

Os sapos estavam por Curitiba toda – no bondinho da leitura, sobre as floreiras, nas mesas dos bares. Sentados nos amores-perfeitos, devorando os insetos.

Ninguém sabia dizer o que tinha acontecido. Se vieram dos bueiros ou de uma chuva, igual naquele filme.

Teve gente que voltou para casa ao se deparar com eles. Outros tiveram que expulsá-los a vassouradas de dentro das lotéricas, das lojas de sapato, nas casas de 1,99. Mas para cada anfíbio que era eliminado, surgiam mais dez.

Cruzavam o caminho dos que passavam apressados, os fazendo saltar, desviar. Um deles foi parar dentro da sacola de compras de um rapaz.

Na Boca Maldita, os engraxates aproveitaram para lustrar os sapatos em cima deles, como se eles fossem pedras e, segundo o gerente do café, tiveram muito mais clientes. É como se os anfíbios tivessem promovido o serviço deles.

Os turistas tiraram muitas selfies, principalmente em frente à fonte das nereidas da Praça Osório, onde os bichanos disputavam espaço aos saltos com os guris de rua.

Havia mais sapos do que petit-pavets. E o fenômeno ocorria na cidade toda.

Lotaram a estufa do Jardim Botânico, invadiram os viveiros dos pássaros do Passeio Público, dominaram os degraus da Universidade Federal. Durante a missa, na catedral, o padre precisou afastar várias vezes os que saltavam sobre sua bíblia e quase não se ouvia as falas, por causa do coaxar dos outros que assistiam, sentados nos bancos. Ninguém sabe dizer o que aconteceu.

"Talvez tenha sido mais uma dessas catástrofes-de-fim-do-mundo", disse uma senhora.

Ou eram apenas os velhos sapos de outrora – habitantes dos pântanos curitibanos, na época em que a cidade era bem menor.

Em 1909, o poeta Emílio de Menezes disse que quanto mais Curitiba crescia, os sapos eram empurrados cada vez para mais longe.

Talvez eles tenham voltado para reivindicar algo.

Ou será que isso tudo faz parte de uma campanha de marketing do relançamento do antigo folhetim "O Sapo", dos simbolistas daquela época? Hoje em dia eu não duvido mais de nada.

O VÔ NO STUART

Toda vez que Carmela e sua mãe vão até o centro encontrar com seu vô, ele esconde o cigarro atrás de seu corpo.

Uma mulher, que não é sua vó, atravessa a rua rapidamente em direção à Praça Osório.

Carmela vê a fumaça que sai da sua mão oculta do vô. Ela sobe até a placa onde diz Alameda Cabral.

Carmela vê a mulher que não é sua vó debaixo de uma árvore. Ao contrário de seu vô, ela fuma o cigarro que está entre seus dedos.

A mãe pede dinheiro para elas tomarem vitamina.

O vô enfia a mão dentro de um dos seus bolsos de calça social e retira um maço de dinheiro, como se fosse um frentista.

Mas seu vô não é frentista.

Carmela sempre achou curioso o fato de seu vô ainda andar com maço de dinheiro. Ainda mais hoje em dia, em que as pessoas só usam cartão.

Certa vez ela ouviu a história de que ele foi assaltado ali no centro – quando um piá enfiou a mão dentro do bolso dele e levou o maço todo. Será que os outros amigos de seu vô também fazem isso? Será que algum deles também foi assaltado assim? A maioria usa o mesmo tipo de calça do vô dele, porém com cores levemente diferentes – beges, marrons, cinzas, terracotas. Esta é a área onde eles ficam e este é o estilo da gangue deles. Também usam suéteres e chapéus. E aquelas botas de inverno com lã de carneiro dentro.

Eles ficam num quadrilátero compreendido entre os bares Stuart, Maneco, Triângulo e Mignon. Mas ele gosta mesmo é de comer no Maneco. Ele gosta de comer bife à parmegiana.

Carmela pensa que aquele tipo de calça deve ser confortável e quanto mais a pessoa envelhece, mais ela deseja se sentir assim. Diferente dos jovens, que preferem jeans ou couro. Bem, ela por enquanto prefere vestido.

Provavelmente o piá que roubou o maço do vô não usava uma calça desse tipo.

Carmela e sua mãe se despedem do vô, atravessam a faixa e passam rente à fumaça exalada pela mulher que não é a vó. Quando estão quase no meio, Carmela dá uma olhadela para trás e vê a mulher voltando para o outro lado, perto da porta do Stuart, onde está seu vô.

34

Carmela diz para sua mãe segurar bem o dinheiro.
Guardar dentro da bolsa.
A vitamina delas depende disso.

O DOM DE CARMELA

Carmela tem o dom de ver os fantasmas da casa.

Quando a mãe pergunta sobre os dela, ela diz que um deles é bem engraçado, possui uma barba espessa, usa um chapeuzinho engraçado e depena galinhas ao pé de sua cama.

A mãe fica tentando entender qual é o sentido nisso, já que ela nem gosta tanto de frango e prefere comidas vegetarianas.

Já o outro fantasma, que a acompanha quando sai de casa, é parecido com o Tio Antônio – o que faleceu atropelado, ao atravessar a rua bêbado.

"Cruzes, deve ser por isso que às vezes sinto um bafo de cachaça perto de mim. Não há pastilha de menta que resolva.", diz, fazendo o sinal da cruz.

O LOBISOMEM ALFAIATE DO EDIFÍCIO TIJUCAS

No edifício Tijucas há um lobisomem alfaiate.

"Melhor profissão para um lobisomem", diz.

Conserta as próprias roupas depois que rompem com a transformação. Usa fio de prata, referência inclusive entre outros lobisomens.

É visto sempre nas redondezas – quando a lua cheia lambe a torre da Catedral. Ermelino de Leão, Cruz Machado, Alameda Cabral – habitué do centro.

Amigo dos porteiros.

Se ele morde pessoas? Já está velho para isso.

O dentinho canino frouxo.

Ai se morder algo rijo!

O tour noturno é pelas casas de sopas e padarias vinte e quatro horas.

O COMBINADO

Luana e a mãe criaram uma frase que seria usada caso uma delas morresse.

Caso algum médium incorporasse, teriam este código para atestar que era ela mesmo que estaria ali.

Para evitar problemas com falsas mensagens ou charlatões espirituais.

Desde que a mãe morreu, Luana repete a frase mentalmente. Anotou até num caderninho.

"Se for a mãe, eu saberei", explica.

E a família toda curiosa para saber qual seria o combinado.

Durante anos visitaram terreiros, centros espíritas, mesas brancas.

Às vezes, um médium fingia ouvir a véia falando. Mas, sem a tal frase, nada feito. E Luana voltava para casa frustrada.

Até que um dia, durante uma caranguejada em família, o tio Geraldo começou a girar. Meio corcundinha e falando igual a vó, já adentrou a cozinha cantando:

Quando relógio bate à uma, todas as caveiras saem da tumba;
Tumbalacatumba tumba ta
Tumbalacatumba tumba ta

E Luana empolgada, com os dois braços levantados gritou: Mamãe! Mamãe! É você!

O MINOTAURO-PIÁ

A partida de bocha já dura três horas.

Ela acontece no Uberaba, num clube onde as bracholas e os risotos são levados a sério.

Sociedade Piazito de Ouro. Fica na Avenida Salgado Filho, entre a fábrica da Electrolux e o Armazém Sant´Ana.

Por sorte Sônia mora do outro lado da rua. Vai e volta, trazendo molhos e garrafas de cerveja que são os combustíveis dos jogadores – Didi, Carlão, Antoninho, Catarina, Edeltrudes.

A "Trude", como é chamada, é a melhor boleira. Vence todos os campeonatos. Alguns até dizem que ela tem algum poder especial que faz com que a bola gire mais devagar ou aumente a velocidade apenas com seu pensamento. E é ela que sempre comenta que o clube deveria mudar o nome para "Guriazita de Ouro" por causa disso.

Mas enquanto acontecem os certames, a piazada – filhos dos participantes, entediados, exploram as redondezas.

E Sônia tem um dom mais do que especial, de contar histórias a eles, para que se atenham e tenham subsídios para novas e duradouras aventuras. A cada maratona, inventa algo.

Já contou sobre a mulher de cinco metros do Guaíra, o carrinho de cachorro-quente fantasma da Vila São Paulo, o espírito do velho alemão consertador de antenas.

Desta vez ela conta que quando era pequena, ali perto da Rua Clóvis Beviláqua, nasceu um bebê com chifres de vaca. A notícia logo se alastrou pelo bairro – feito uma bola de bocha que encosta em cada portão. E entre uma brachola e outra, com o tempo, o guri cresceu. O chamavam de minotauro--piá. Sempre escondido no labirinto das veredas de seus pais.

"Ninguém nunca me explicou qual é essa doença rara", diz Sônia rodeada pelos olhares atentos das crianças. Algumas, empolgadas com o relato. Outras, com muito medo.

"Às vezes ainda o vejo, entre os arbustos de hortênsias. As flores enfeitam seus chifres."

De repente, uma sombra move-se na escuridão do outro lado da rua. Logo abaixo de um poste com a lâmpada queimada.

Uma das crianças aponta – "Vejam, é ele!".

Uma coincidência absurda. E não está sozinho. Segura a mão de um guri, que também tem chifres – outro minotauro-piá. Carrega uma sacola com dois prensados.

Não há nenhum carrinho de cachorro-quente por perto.

OS ELEFANTES
DO RIO BELÉM

É domingo.

João olha para a garrafa de cerveja e ela ainda está cheia. Atravessa a porta e depara-se com um rio Belém completamente diferente do que costuma ver. Suas águas estão límpidas e frescas, rodeado de gramados verdes e árvores frondosas. Crianças alegres mergulham saltando das pedras, enquanto seus pais arremessam iscas para os peixes, esticam toalhas de piquenique entre os frutos dos ingazeiros.

Nenhum sinal dos repugnantes sacos de lixo, as garrafas, latas, os pedaços de móveis abandonados. Ao invés do cheiro podre das bactérias, sente o aroma delicioso de quando a água molha a terra. Sabiás-laranjeiras gordos dão rasantes, depois saltam de um galho a outro.

Ainda é cedo.

João chama sua família para verem também. Sua esposa, Edilene, fica maravilhada.

"Se transformou no rio que meu bisavô descrevia", diz.

Alguém arruma um pano quadriculado enquanto os outros preparam uns sanduíches improvisados – de atum e pepino em conserva.

Trajados de roupas de banho, descem as pedras para entrarem no rio.

Os filhos – Pedro e Luana – nadam como se estivessem na praia ou no Nhundiaquara.

"Não dá para acreditar", exalta a esposa.

Logo os pescadores começam a puxar peixes prateados enormes e João corre para buscar sua vara – abandonada atrás de um velho armário. Logo o samburá fica lotado de lambaris.

Por toda a extensão do rio se vê habitantes dos bairros Hauer, Boqueirão e Uberaba chegando, munidos de cadeirinhas de praia, guarda-sóis e outros artefatos. Ninguém mais tem medo ou nojo de habitar essas costas.

Até mesmo as pontes, que antes estavam tristonhas, agora servem de trampolim para a piazada saltar.

Mas é só no final da manhã que João repara nos bêbados dos bares da região – os únicos que não desapareceram. O cemitério de elefantes, como retratou Dalton Trevisan, ainda está lá. Rente ao canal, os imensos corpos desistidos dormem entre destroços de papelão, sapatos, bitucas e bonés.

As garrafas vazias são presas de marfim.

O bzzz das muriçocas assinala o posto de um e outro. Ninguém perturba os dorminhocos. Um deles, encostado no tronco de um ingazeiro, sonha com o rio Belém de antigamente – límpido, rodeado de gramados verdes e árvores frondosas. Com crianças alegres saltando das pedras e os samburás dos pescadores repletos de lambaris prateados.

DE TANTO OLHAR PARA ESTA PALAVRA, O VENTO

para Raquel Deliberali e Arima Saleh

Raquel vê as mangas.

As mangas caem no verão.

O que aconteceu para deixar a menina tão jururu? – cabisbaixa, caminha contra o vento, desviando das frutas que apodrecem.

Na plantação de erva-mate, um melro diz que sua melhor amiga, Arima, mudará para outra cidade. Nada é mais triste do que aquilo que se modifica.

Raquel nunca gostou de mudanças.

Ficou muito chateada quando os engenheiros desligaram as cachoeiras que enchiam a cidade de turistas.

Arima diz que irá morar na Palestina – numa cidade com nome difícil de escrever.

A Palestina fica do outro lado do mundo.

Não há um rio tão grande quanto o Paranazão lá, nem cobras tão compridas como a sucuri.

Raquel pede para ela escrever o nome da cidade num papel, para que possa mandar uma carta, quando tiver alguma ideia nova. E com o tempo, de tanto olhar para esta palavra, talvez se acostume e aprenda a escrever sem consultar.

Sempre tiveram muitas ideias e estavam juntas lá nas marinas quando uma vaca falou dizendo que faria bastante calor naquele ano.

Quantas histórias.

Arima sempre gostou das vacas falantes. Também dos uirapurus e das saíras – que pintam o céu de laranja e azul quando as nuvens carregadas de lembranças encharcam a cidade.

Raquel está em frente à sua casa agora – com uma muda de uma mangueira nas mãos e diz: "Quem sabe você possa plantá-la e caminhar entre as frutas podres quando estiver com saudade."

Arima a abraça e as lágrimas molham o lenço que oculta seus cabelos.

Entre várias coisas que conversam, diz que não poderá levar seu cachorro – o Frederico, porque são proibidos por lá. Se uma pessoa encosta em um cão em Kafr Malik, precisa bater a mão cinco vezes na terra para limpar as impurezas. Mas também já soube da história de uma mulher que só foi salva de ser esfaqueada quando seu Yorkshire latiu.

Lá é tão violento quanto aqui. É violento como todo lugar.

"Mas enquanto mantivermos a doçura das mangas nos pés e o azul das saíras na memória, estaremos a salvo", diz Raquel.

Em seguida, puxa Frederico pela coleira, como um guincho que arrasta uma rural arriada. Manga por manga afasta-se das lágrimas, mas o lamento de Frederico não se afasta dela. Ele tenta voltar, mas é impedido pela ventania que sopra ao contrário. Dizem que este vento – nem os anjos, nem os melros conseguem enfrentar, quando resolve soprar.

O LOBISOMEM ANÃO

"Se o lobisomem é anão, o mal que ele faz também é menor?", pergunta a menina enquanto o pai passa geleia de frutas vermelhas na torrada.

"Ouvi dizer que ele conserta antenas aqui no bairro, frequenta bailes da Sociedade Bola de Ouro e festas juninas na escola Nova Era.

"Disseram-me que tem sempre uma véia da estatura dele esperando-o para dançar."

O pai diz para ela não acreditar em tudo o que dizem. O mercado Eifler é um armazém de fofocas.

"Foi minha professora que contou.", explica.

A menina escova os dentes, coloca a mochila e corre para não se atrasar para a aula. Costuma sair bem cedo de casa, com o céu ainda escuro – principalmente no inverno. Mora meio longe e os pais não possuem carro. Há anos que deseja encontrar o lobisomem anão, em madrugadas em que a lua cheia é companheira. Mas isso nunca aconteceu. Nas aulas de artes, desenha a figura folclórica, divertindo os colegas – com paletós com largas ombreiras, remendos nos cotovelos, descalço, com diminuta gravata e no lugar do cinto uma corda prendendo as calças.

Certa noite, o pai, petiscando com os amigos no Armazém Santa Ana, depara-se com uma foto, entre outras de clientes, coladas num painel: o lobisomem anão ao lado de um outro peludão maior e o dono do restaurante – ostentando um belo prato de carne de onça. Na base da fotografia, assinado a lápis: Joca e Florestano Boaventura, os lobisomens do Uberaba. O pai solta um "Caralho, então é verdade!", antes de levar a mão à boca e quase engasgar com a azeitona de uma empada.

MIRNA E O OVO

Enquanto a mãe sente a presença de um índio dentro de casa, Mirna usa um ovo de madeira para costurar a meia. Empurra os dedos para chegarem até o furo.

Seus dedos são agulhas e a linha vem de um carretel enorme quase da altura da sala.

O índio está em pé perto da porta e segura uma pedra numa das mãos.

Mirna está sentada entre os carretéis e possui diversos braços.

Enquanto o novelo gira, o furo diminui.

Lá fora há uma fila de pessoas com meias danificadas, esperando para serem atendidas. Trouxeram listradas, estampadas, lisas, de futebol...

A moça da padaria segura um modelo com gralhas azuis e pinhões.

Mirna sempre reparou o quanto cada meia reflete as características de seu dono e comumente imagina uma multidão com rostos de tecido e olhos de botões. Jantando, conversando, assoprando colheres para esfriar a sopa. E uma coisa é geral: ninguém curte a sensação gelada que os furos proporcionam.

A fila alonga-se pela quadra.

"Para cada furo, existe uma solução.", comenta o índio com a pedra na mão. Mas na verdade o que ele segura não é uma pedra. É um ovo.

A GALINHA BICÉFALA

Pedro mexe a cesta para saltear o milho.

As galinhas em volta.

A vó disse que uma delas possui duas cabeças, igual à do brasão da família.

Pedro a procura.

O trem apita.

Ele diz: "Talvez ela esteja lá dentro do poleiro", e eu respondo que não irei até lá.

A parte de dentro é escura e úmida.

Certa vez vi o fantasma de meu tio lá, com o bolso do avental cheio de ovos.

Há barro sob nossos pés.

Sempre achei que fosse uma águia no brasão.

Ouço uma voz dizer que o risoto está pronto. A voz está abafada por paredes cheias de quadros de fotografias e brasões. A voz está dentro da casa.

As galinhas estão eufóricas.

Além do risoto, vai ter polenta.

Daqui eu vejo um homem bem grande chegar. Ele é tão alto que precisa arquear a coluna para passar na porta. Da outra vez que viemos ele também estava aqui. Lembro da espessa fumaça de baunilha que circundava seu rosto e do pacote de balas de goma que ele retirou de dentro do bolso de seu paletó.

Depois vejo outros homens e mulheres chegarem. Alguns são oficiais e usam uniformes.

O trilho cruza o quintal. Seu ronco faz as madeiras velhas tremerem e as romãs caírem antes da época.

A galinha pia duplicado e cada cabeça fala uma língua.

A vó disse que uma é húngara e a outra austríaca.

Por isso que no brasão o restaurante está escrito de três maneiras. Em português: Risoto da Trude; em húngaro: Trude Rizottó e em alemão: Risotto der Trude.

Dez anos depois, encontro novamente o fantasma de meu tio. Pergunto o que o fez optar pelo poleiro para passar a eternidade e ele diz que aqui ele pode comer tantos ovos quanto queira e está seguro dos ataques histéricos da vó.

"Você não imagina o que é mexer panela de risoto com louro e extrato de tomate, todos os dias, desde as nove da manhã", diz, enquanto sofre para girar o botão de um velho rádio abandonado sobre uns escombros.

E antes de voltarmos para dentro, ele nos sugere que cobremos ingresso dos amigos para ver a galinha com duas cabeças.

Como não pensamos nisso antes?

ENQUANTO O TIO FELICE COZINHA, A TIA NEIDE SAI DO CORPO

Eu e tio Felice estamos em pé, no quarto, enquanto a tia Neide sai do corpo. O nome disso é projeciologia. Mas ela não consegue volitar mais do que trinta centímetros. Sofre do mal do períspirito pesado. É complicado. Vejo do lado da sua cama uma régua pintada a mão e uma marcaçãozinha em vermelho no número trinta. Este problema inclusive lhe rendeu um apelido lá no instituto onde ela trabalha: sanduíche do Subway. Pelo menos é o sanduíche inteiro e não a metade – de quinze.

Tio Felice me diz que enquanto a tia Neide flutua no astral, nós teremos que ir até a quitanda comprar os ingredientes para o almoço. Ao meio-dia chegarão tia Liete (irmã dela) e minha mãe. Faremos uma paella. Eu acho paella um troço complicado de fazer, mas o tio me explica que não. "É igual risoto, só que de outra cor", ele diz.

E a gente vai até o vizinho pegar a romiseta que ele estaciona por aluguel. Puxa o pano e levanta o pó. Eu adoro a romiseta do tio. Me lembra um veículo de Star Wars ou do álbum de figurinhas – Space.

Sempre que o tio sai de casa, usa suspensórios. Acho que ele se sente mais seguro com eles. E, dentro do carro, vestimos os suspensórios da romiseta.

Movemo-nos pela cidade, em direção à quitanda do seo Najib. Na rua ficamos bem mais baixos que os carros normais, mas ainda assim não conseguimos passar por debaixo deles. E nem por baixo dos caminhões. Nossa nave balança sempre que se aproxima dos ônibus – Banthas com rodas.

Na quitanda compramos pimentões, cebolas, ervilhas e um kit-paella repleto de animais marinhos. Depois, o tio pede também a Najib alguns postais antigos da cidade – da época em que havia uma feira aberta na Praça Rui Barbosa, bondes elétricos circundando a catedral, footing na Rua da Liberdade e tecidos gigantes na casa Roskamp.

Nos despedimos dele e seguimos um pouco mais adiante para comprar mais ingredientes. Na loja de armarinhos, compra comida para seu gato de madeira, Jatobá. Vários tamanhos de botões – de pinho e jacarandá. Se a gente não leva uma comida especial, ele fica muito triste. O tio paga e vamos até uma loja que revela fotografias, onde mandou fazer algumas cenas de almoços e encontros dos familiares. A Tia Liete mais nova, com um suéter de lã quando nevou em setenta e cinco, e a mãe comigo e o pai em frente aos pedalinhos no Passeio Público. Tem também uma foto muito legal do tio Felice ao lado do primeiro protótipo do seu androide, o Frederico. Era ainda um robô bem simples, com peças improvisadas e encaixes toscos. Os dois estão sentados na sacada, com duas xícaras de café e um tabuleiro de xadrez sobre uma mesinha de mármore.

As compras vão numa caixa de madeira atrás. A cidade fica muito mais legal vista pela janela da nossa nave.

Mas daí um pneu fura e a gente fica parado bem no meio de uma ruazona larga.

Se a romiseta fosse um "speeder", não aconteceria isso.

É complicado ficar em pé, na estrada, enquanto o tráfego enlouquece.

As buzinas viram grunhidos de répteis selvagens.

Por sorte o tio Felice possui uma invenção nova – um pequeno androide sabichão, que sabe trocar pneu. As pernas do bicho saem das laterais do corpo cilíndrico que lembra aquele brinquedo – Genius. Pisca luzes vermelhas, verdes e azuis. Levanta o carro com um braço mecânico, depois desparafusa e troca a roda por outra que estava fixa atrás. Que robô legal. O tio sempre possui um androide para situações de emergência. As pernas dele são pedaços de canos movimentados por engrenagens de relógio-cuco.

As pessoas que passam ao nosso lado ficam impressionadas.

Alguns minutos depois já estamos rodando de novo.

O robozinho-mecânico dentro da própria casa-carapaça, embaixo do banco.

Quando chegamos em casa, encontramos a tia Neide em pé, na sacada. Nos cumprimenta. E eu pergunto a ela se conseguiu volitar mais de trinta, e ela diz não, mas que foi bem relaxante e conseguiu encontrar uma resposta à uma pergunta bem difícil na revistinha de palavras cruzadas. Ufa!

Assim que a gente abre a porta, o cuco canta onze vezes, o que é um problema pois significa que o tio tem apenas uma hora para fazer a paella. Talvez um pouquinho mais. E eu pergunto a ele como ele fará e ele me responde que andou trabalhando numas atualizações no androide Frederico, para que ajude na cozinha.

Incrível!

Vejo Frederico com seis braços. Contando com as pernas, parece um polvo.

Legal demais.

Até a camisa, com mangas, foi refeita, para que nenhum braço ficasse sem roupa.

O tio diz que costurar as mangas novas foi mais trabalhoso do que instalar os braços.

Eu acredito.

Assim que jogamos os ingredientes na tábua, Fred começa a cortá-los usando um imenso cutelo: pimentões, cenouras, mariscos, fotografias antigas...

Tio Felice controla seus movimentos através de um controle remoto.

Eu peço para apertar uns botões e ele deixa.

Enquanto o robô pica, a gente coloca o arroz para cozinhar, numa panela que também foi modificada por ele – uma espécie de cápsula, com uma tranca de cofre, que cozinha o arroz em alguns segundos. Penso que talvez tenha sido mais fácil usar o micro-ondas. Mas certamente muito menos divertido.

E logo a paella fica pronta. O último ingrediente é o açafrão, o pozinho amarelo mágico que a diferencia do risoto.

E assim que é posta na mesa, chegam a mãe e tia Liete.

Tia Neide arruma a mesa, com seus pratos favoritos – pintados de araucárias e guapuruvus.

Depois de tanta correria, dá tudo certo.

A gente enche o pote de comida do Jatobá com botões e o tio joga um velho mouse de computador para ele brincar.

Viva! A paella está linda, cheirosa e fumegante.

O cuco canta doze vezes.

Durante o almoço, tia Liete conta para a tia Neide que, na noite anterior, saiu do corpo e viajou até Lisboa e depois deu uma passadinha em Madrid. Putz, isso sempre acontece. A tia Liete conta essas coisas e deixa a tia Neide muito mal. Porque enquanto ela não consegue passar dos trinta centímetros, a outra voa longe sem gastar milhas. Que coisa. Mas estamos sempre espertos e quando elas começam a discutir com relação a isso, mudamos de assunto, e eu e o tio contamos de nossa pequena aventura entre os ônibus-Banthas e o robozinho trocador de pneus que o tio inventou. Histórias boas é que não faltam. Por isso que eu gosto tanto de vir aqui.

UMA TARDE NA CASA ROSKAMP

Lola está comprando tecidos na casa Roskamp. Panos de diversas cores e espessuras saem de uma imensa boca no meio do salão, sobre uma mesa onde os clientes selecionam, experimentam, amassam.

A loja fica bem no centro da cidade, entre os bares Mignon e Stuart.

As unhas de Lola estão pintadas de rosa. Há outras mãos que se sobrepõem às de Lola, com esmaltes de outras cores e algumas também estão sem.

Além da boca primordial, há muitas outras bocas – de onde saem histórias, causos, fofocas e reclamações. Durante o tempo todo as bocas falam e as mãos puxam. Assim como os tecidos, as palavras se acavalam e apagam o silêncio.

Não há paz na casa Roskamp.

De vez em quando surgem homens com mochilas e máscaras de oxigênio borrifando veneno para matar as traças. "As traças são o mal maior.", diz uma das funcionárias.

Lola estica o braço para alcançar um pano florido, mas ele é puxado para outro lado por outro mais longo.

O jeito agora é se deslocar no meio da multidão e tentar se aproximar do outro lado da mesa. É difícil, pois há muitos cotovelos e antebraços obstruindo o trajeto. Caminha com dificuldade, desviando das diversas bolsas.

As histórias, lá, também saem aos pedaços. Ouve uma moça usando um tapa-olho dizer que tentou ser atriz em sua juventude, mas que seu pai a proibiu de atuar alegando que televisão é coisa do diabo. Não consegue entender o resto da história, pois enquanto fala, uma outra leva de relatos saem da imensa boca primordial. Em sua maioria são crônicas, sobre personagens do centro, ou de clientes que passaram por lá. Uma das funcionárias a chama de "Boca Roskamp".

Há um funcionário da loja responsável por coletar apenas os tecidos escritos e os guarda num baú.

Lola ouve alguém dizer que sofreu seis abortos e uma outra contar que o sobrinho engravidou a própria irmã.

São centenas de bocas com batons de cores diferentes. Todas em movimento. Algumas mascam chiclé. As histórias saem como panos, quer dizer, pedaços de páginas de cadernos ou livros.

Lola só consegue pensar no momento em que sua sacola estará cheia de tecidos novos e já tiver pago por eles, lá fora, na Rua XV, onde acenderá um cigarro e contemplará a fumaça vagar entre as floreiras e as balaustradas.

Lá dentro não há flores nem cigarros.

Fumar é completamente proibido lá dentro. Já pensou se pega fogo num pedaço de pano e depois em outro?

Bem no centro da mesa vê uma traça enorme. As bocas gritam, as mãos se erguem.

Pés calçados com botas sobem sobre a mesa.

"As traças são o mal maior.", diz uma das funcionárias, antes de dar lugar aos homens mascarados que aparecem com veneno e borrifam sobre o inseto.

As bocas tossem, surgem lenços e papéis sobre elas.

O bicho agoniza sobre a mesa, com as patas para cima e as asas para baixo.

A imensa e primordial boca tosse também. E cada tossida, cospe centenas de amostras. Entre elas a favorita de Lola – florida.

Expele também o resto da história da moça com tapa-olho: vende salgados e doces tipicamente israelitas na sinagoga do Largo da Ordem. Se formou em teologia e tornou-se pastora. Mais tarde, após passar pelo catolicismo e candomblé, se converteu ao judaísmo.

* * *

Com seu tecido em mãos, Lola vai até o caixa.

Sai, para enfim sentar num dos bancos da Rua XV.

Acende um cigarro. Bafora.

Contempla a fumaça vagar entre as floreiras e as balaustradas.

O primeiro trago no primeiro cigarro do dia é muito bom.

ANA NOS JOGOS FLORAIS DE OLÍMPIA

"– Você viaja para reviver o seu passado? – era, a esta altura, a pergunta do Khan, que também podia ser formulada da seguinte maneira: – Você viaja para reencontrar o seu futuro?
E a resposta de Marco:
– Os outros lugares são espelhos em negativo. O viajante reconhece o pouco que é seu descobrindo o muito que não teve e o que não terá."
Italo Calvino

Não há mais espelho no sótão de Ana.

Na escuridão, esqueletos fazem companhia aos pássaros empalhados – que não fogem (porque não voam) através do buraco no telhado. Agora as lembranças de seu bisavô, Nino – taxidermista – misturam-se a passeios pela Curitiba antiga, assistindo ao dirigível passar, pescando peixes alados no rio Juvevê, colecionando figurinhas do Zequinha, lustrando os sapatos dos Potypos.

Entediada, entre frascos de cobras inertes e aromas de quitutes dominicais, a menina lembra da cidade do passado enquanto folheia os desenhos que fez, em seu pequeno caderno de viagem. Sente muita saudade de voltar até a casa Roskamp com a bisa, passear entre as cobras com o menino das roupas engraçadas, rever Nino, Lola, o vô Chico, tio Welfare e os outros.

Sentada num dos cantos do sótão, com as pernas dobradas e a boca nos joelhos, tenta traçar alguma estratégia. Pede ao vento que lhe mostre um caminho. Mas não há nada – o marasmo vestiu-se de tédio, o pano do presente cobriu a casa.

Pelos outros espelhos também não há passagem. Nem mesmo no grande – dentro do guarda-roupa de sua mãe.

Em todos cômodos há pássaros mudos. Mudas também estão as paredes, as portas e as janelas. E pensar que há alguns anos, a casa foi tomada pelos bichos de penas, em meio a uma algazarra tremenda.

Disso tudo só sobrou um retrato. E os desenhos em seu caderno.

Ana chuta as pedras do quintal enquanto caminha entre labirintos de folhas imensas – costelas-de-adão, begônias e alocasias. O quintal está lento e lenta também está a menina com seus imensos pés-de-sapatos-de-couro. Aos domingos eles aumentam, criando crateras na areia.

Para aliviar o peso, senta-se embaixo das folhas e abre seu caderno – onde registrou todos os detalhes de sua viagem através do espelho na primavera passada. Abre seu estojo, pega um lápis, mas as ideias não vêm. É como se sua imaginação estivesse trancada, junto com o espelho.

Uma cobra rasteja lentamente sobre a relva. Mas antes mesmo que Ana comece a sentir-se incomoda com a presença dela, ouve o som de um bonde elétrico na rua. O que é estranho, pois estes veículos não trafegam mais na cidade atualmente. Dominada por uma ansiedade e empolgação, corre até o muro de pedras e escala-os usando os galhos e cipós, até conseguir avistar a rua. O elétrico desce a avenida, vindo do bairro em direção ao centro.

Ana salta o muro para que sua mãe não a veja e corre até um velho ponto na calçada oposta. Ela nunca tinha visto aquele ponto antes.

Quando o veículo chega, não há condutor e ninguém sabe informar qual é o próximo destino.

Há senhores e mulheres chiques sentadas nos bancos. Alguns usam acessórios esquisitos e carregam objetos curiosos – como por exemplo uma senhora com uma casa de lambrequim dentro de uma gaiola.

O bonde acelera em direção à Rua Cândido de Abreu e, um pouco antes de chegar no Passeio Público, levanta voo.

Ana e os passageiros seguram forte enquanto o carro fura as nuvens.

É lindo ver a cidade de cima. Mas assim que as nuvens dissipam, percebe que não está mais sobre o mesmo lugar. É uma Curitiba com menos construções e arranha-céus.

Reconhece o lago do Passeio Público e as calçadas do centro, porém com menos construções.

Há casas bem espalhadas, com bastante terrenos vazios em volta e mais árvores.

"Em que ano estamos?" – pergunta Ana a um senhor barbudo, de fraque, que segura forte a cartola para não voar.

E ele diz que é o primeiro dia da primavera, de setembro de mil novecentos e onze. E que todo ano ele viaja nesta mesma época, porque é exatamente o dia da abertura dos jogos Florais de Olímpia, quando os atletas do Gymnásio Paranaense desfilam com roupas atenienses pela Rua XV de Novembro.

Ana fica muito curiosa e resolve descer no mesmo ponto do amigo, que a convida a acompanhá-lo até lá.

O centro da cidade está agitadíssimo. As pessoas, com trajes de gala, espalham-se sob as marquises. Curitiba é a Grécia. Musas, ninfas e helenos com túnicas e ramos de louros caminham entre os edifícios, de onde caem pétalas e confetes. Rente ao chão um tapete de flores de ipê amarelo e jacarandás.

Eles rumam em direção ao recém construído templo Neo Pitagórico, na Vila Izabel. Também conhecido como Templo das Musas. No centro do corso está Marina Pinheiro de Castro, representando Chlorys, a rainha da primavera. A grande diferença para os gregos originais é que tanto as musas como alguns helenos usam finas meias de seda para se protegerem dos pernilongos e das muriçocas, aninhados nos meandros do rio Belém ou nos arbustos à margem do Água Verde.

Ana registra tudo em seu caderno, inclusive desenha os insetos voando ao redor dos gregos-curitibanos. Ficam bem legais as cenas das ninfas e os helenos em perambulação entre os pinheiros.

No caminho, em meio à multidão que segue a parada, a menina acaba se perdendo do seu amigo da cartola, mas faz novas amizades com duas garotas, que assim como ela, foram à comitiva sem os pais – Diana e Helena, verdadeiras entendedoras da cultura grega.

Explicam para ela sobre as nove linhas de musas pitagóricas: Calíope, Clio, Érato, Euterpe, Melpômene, Polímnia, Terpsícore, Talia e Urânia. Diana relata ser da linha de Terpsícore e Helena, de Euterpe.

Ana está cada vez mais fascinada por esse universo e seguem caminhando até enfim chegarem ao Templo Neo-Pitágorico, onde a multidão se dissipa, organizando-se em pequenos grupos de piquenique, com toalhas abertas sobre a relva. Diana e Helena convidam-na a sentar com elas. Retiram um pano de linho de uma bolsa e também alguns sanduíches e sucos em garrafas de vidro.

Ana aceita e agradece.

Os sanduíches são recheados com pedaços de peixe e mortadela, e o suco é natural de uva.

Elas comem e conversam, dão risadas.

Até que os jogos começam.

Atletas helênicos passam a disputar os jogos nos arredores do Templo, em volta delas. Alguns também são disputados na parte interna, entre muros. E os portões estão abertos para qualquer um entrar. A construção lembra muito um santuário grego, com colunas dóricas e um frontão triangular. Bem no centro há um símbolo com asas de águia: ícone dos mensageiros de deuses greco-romanos.

O clima é muito bom. As pessoas trajadas de gregos alongam-se no gramado, enquanto outros preparam seus instrumentos – galhos, liras, prendem as fivelas de suas sandálias.

As categorias são bem curiosas: arremessos de pinhas, pulo sobre o rio Água Verde, escalada de araucária, corrida de helenos com liras, voos com asas de gralha-azul, bola ao cesto de fantasmas com lençóis, futebol das ninfas.

Durante os pulos sobre o rio, muitos atletas acabam caindo n´água e precisam da ajuda das cordas arremessadas pelo pessoal da organização. É um pouco constrangedor porque os panos brancos ficam meio transparentes e/ou manchados de lama. Vence aquele que consegue cair em pé do outro lado da margem, mesmo que ajudado por alguma baleia ou peixe gigante.

A regra da escalada de araucária é simples: basta subir o máximo que conseguir e na corrida de helenos com liras ganha apenas o atleta que conseguir cruzar a faixa sem ter cessado a música durante o percurso. Se desafinar, pode ser um critério de desempate no final.

Os voos com asas de gralhas-azuis são bem perigosos. Elas são costuradas com pano e uma estrutura que lembra as pipas. Os competidores saltam de montanhas de feno, mas a maioria se desfaz antes de chegar ao chão.

As partidas dos fantasmas jogando bola ao cesto, especificamente, são bem complicadas, pois é bem difícil controlar a bola com os panos e ver o aro através dos pequenos furos. O time vencedor normalmente ganha quando acerta apenas uma bola.

Mas o auge dos jogos certamente é o futebol das ninfas. Reúnem um grande público ao redor das traves, numa quadra à céu aberto perto do templo. Há torcedores fiéis aos times – epigéias, agrónomides, halíades, hidríades, urânias, asterias. Cada um com suas roupas e elementos típicos: cipós, astros, nuvens, peixes, frutos, pedras. Alguns capricham mais, levantam cartazes com imensos peixes pintados, planetas, asas e árvores cenográficas na arquibancada.

Os jogos seguem noite adentro, até que Ana ouve alguém a chamar.

"Ana! Ana! Quero te apresentar uma pessoa." – é o amigo barbudo, de cartola, do bonde, que encontra a menina em meio aos torcedores das ninfas urânias, no terceiro degrau.

Ana fecha seu caderno, interrompe o desenho que fazia da partida e desce até ele. É meio difícil de ouvir o que ele fala, no meio da algazarra.

"Este aqui é Dario Vellozo, o idealizador do templo", apresenta-lhe assim que a menina se aproxima.

Dario é um senhor bem elegante, usa um chapéu--coco e um terno bem alinhado. Ostenta um vigoroso bigode com as pontas curvadas.

Ele comenta que ouviu falar muito bem de seu diário gráfico e fica maravilhado ao ver as ilustrações. Desde o desfile dos atletas, dos jogos, até os da rainha da primavera.

"Que maravilha! Que dom fantástico! Isso é inspiração dos deuses e mérito de seu talento também, claro. Certamente você é uma pequena musa da linha de Clio, deusa da memória e da história. Seu caderno é um poderoso registro de tudo o que aconteceu hoje. Venha comigo, quero lhe mostrar uma coisa.", convida.

A menina acompanha Dario e o velho da cartola. Atravessam juntos todo o campo dos esportes e adentram o templo, passando pelo portão principal.

No altar, Dario mostra: "Esta urna está cheia de terra onde Pitágoras foi enterrado".

Depois passam por diversos salões bifurcados, até que chegam a uma sala de música e outros objetos, onde Dario pega uma pequena trombeta e entrega para ela como um presente dos deuses.

"Foi Clio que pediu para lhe entregar isso, musa pitagórica mirim.", ele diz, fazendo com que a menina abrisse um largo sorriso.

"Quer dizer que sou uma musa pitagórica agora?"
"É o desejo dos deuses. Mas falta um detalhe".

E seguem até a biblioteca, onde ele entrega para ela um livro chamado Thucydide, que retrata a história da guerra do Peloponeso. Ana sempre foi fascinada pelas batalhas entre espartanos e atenienses.

Enquanto ela folheia o livro sobre uma imensa mesa de jacarandá, Dario acende um objeto que se assemelha a um turíbulo que ela acostumou a ver em giras de umbanda que foi com sua mãe. O cheiro é bom, de ervas tipo manjericão, alecrim e alfazema queimando. O vazio rapidamente é preenchido pela fumaça e até mesmo as entidades invisíveis tomam forma. É como se Clio, pessoalmente, se aproximasse e tocasse seu rosto.

Ana sente uma leveza incrível, que só os livros e as defumações têm o poder de transmitir. Com o livro numa mão e a trombeta de Clio na outra, despede-se de Dario e agradece pelos presentes. Assim que desce a escadaria, ouve seu amigo barbudo gritar, na calçada: "Ana! Precisamos correr. Ou não chegaremos a tempo para pegar o último bonde da volta!". – diz isso mostrando um relógio de ponteiros, preso a uma correntinha de ouro, retirado da parte de dentro de seu paletó.

Ana havia esquecido por uns instantes disso. E lembra que sua mãe já deve estar bem preocupada com seu desaparecimento.

Seus olhos correm o gramadão em busca das amigas Diana e Helena, mas não as encontra. Elas já devem ter ido embora, pois o sol já despencou atrás dos pinheirais e os esportistas guardaram seus lençóis, galhos e pinhas. A quadra de futebol já está vazia e há muitos confetes e pétalas por tudo. Um cartaz com um peixe desenhado foi abandonado por algum torcedor.

Agora é preciso correr.

Ana e o amigo aceleram o passo, rumo ao centro da cidade. Ele corre com uma das mãos no topo da cartola, para não voar, o que faz a menina pensar que o costume de usar cartola está eternamente ligado à luta para mantê-la na cabeça em momentos de correria ou vendaval.

Seguem o caminho criado por pétalas amarelas de ipês e pétalas roxas de jacarandás pisoteadas.

O trajeto é trôpego e ofegante. Uma luta contra o tempo e o relógio.

É como se fugissem de ciclopes ou quimeras ameaçadoras.

Durante o percurso, Ana pensa em tudo que viu e aprendeu nesta curta estadia em mil novecentos e onze: os neopitagóricos, os jogos florais, as festas da primavera, as nove musas...

Agarrada às suas memórias gráficas, segurando firme o caderno numa das mãos, junto ao livro Thucydide e a trombeta na outra.

Mas mesmo correndo, não conseguem chegar a tempo de pegar bonde. Quando chegam ao ponto na Rua XV de Novembro, o veículo já havia partido. É possível vê-lo nas nuvens, sobrevoando a Praça Osório.

"Poxa, e agora?" – suspira a menina.

O velho, curvado, retira sua cartola para respirar enquanto limpa o suor com um pequeno lenço de pano tirado do bolso de fora de seu paletó.

Mas então eles são surpreendidos por alguém dizendo: "Subam! Eu os levo até ele."

É Dario Vellozo, usando uma roupa branca com a cruz de malta estampada no peito, cavalgando no Pegasus – o cavalo alado grego.

"Uau!" – surpreende-se a pequena musa, e eles sobem de carona.

Pegasus voa em direção ao bonde que se distancia cada vez mais do centro da cidade.

"Toque a trombeta! Toque a trombeta!" – grita Dario para a menina.

E ela faz isso, fazendo com que o elétrico-sete-sete reduza a velocidade.

Em alguns minutos eles conseguem alcançar.

O cavalo fica pertinho do carro, que se mantém imóvel no ar e tanto o velho quanto a menina conseguem saltar para dentro dele.

Logo que entram, o veículo volta a se mover.

Dario, aliviado, se afasta com Pegasus – que relincha a alegria de terem conseguido.

Ana despede-se numa das janelas e Dario retribui o aceno, enquanto ele e o cavalo se afastam e somem entre as nuvens.

As mesmas pessoas que foram estão sentadas novamente. Só que a mulher que levava uma casa de lambrequim na ida, volta com a gaiola vazia desta vez.

Então a menina agradece ao amigo da cartola e despede-se dele quando o bonde desce nos tempos atuais – no ponto em frente à sua casa, na Avenida João Gualberto.

Exausta para escalar o muro pelo lado de fora, entra pela porta da frente mesmo, onde encontra sua mãe servindo a mesa do café, com bolo de fubá e pães de queijo.

Estranhamente haviam passado apenas alguns minutos desde que Ana saltou o muro em direção ao bonde.

Foi como se ela tivesse ido ao quintal e voltado.

Pela janela avista a cobra, serpenteando na relva sob as imensas folhas.

Tudo aconteceu dentro de um clique, como da outra vez.

Num virar de página, em seu caderno de viagem.

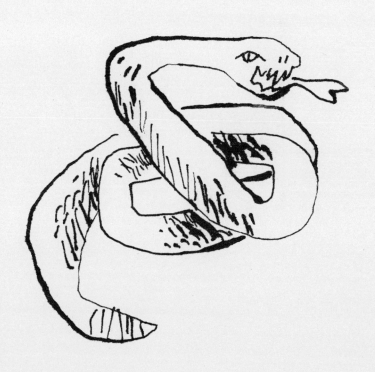

O QUIPROQUÓ ENTRE O FILHO DO ALFAIATE E A MOÇA DO ARMAZÉM

Enquanto o pai costura, Rodolfo recebe os italianos que trazem a placa nova, onde está escrito: Alfaiataria Perseverança – vista para impressionar.

Trazem o letreiro na carroceria de uma carroça bem larga, puxada por dois cavalos magros.

Os entregadores possuem pernas longas e braços firmes. Esticam-nos e firmam a palavra sem precisar de escada.

A dupla é bem conhecida por seus trabalhos com letras e faixas. Costumam confeccionar frases de amor para casais apaixonados também. Semana passada instalaram uma na frente da casa de um padre, na Vila Guaíra, e deu um problema enorme, porque a admiradora dizia que o santo homem era tão bonito que deveria ser pintado pelo Alfredo Andersen.

Rodolfo, do chão, direciona-os: mais para esquerda, mais para a direita...

O filho cuida de todas as coisas que não sejam costurar. Ele nunca levou jeito para isso, para a tristeza de seu pai. Arruma as caixas, ajeita e reforma a casa, acalma os tecidos, expulsa as traças.

Há alguns anos ele até tentou aprender a fazer belos blêizeres, passando um tempo com um alfaiate polonês que mora na Lapa, mas o máximo que conseguiu foi costurar alguns botões tortos e fazer barras de calça desalinhadas, o que causou algum problema com os clientes.

Depois até fez estágio em loja de roupas pra potypos numa alfaiataria na Rua Riachuelo, mas quase levou um soco de um dos gigantes enormes ao encurtar uma calça na canela.

O dom de Rodolfo é mesmo o contato com as pessoas. Vendedor dos bons, negocia valores e prazos. Confecciona cavaletes de promoções em frente à loja, com letras a giz estilosas e desenhos criativos que atraem os compradores.

Atencioso e bom de prosa, faz um tour com os clientes pelos cômodos, mostra as roupas já feitas – penduradas em expositores, trajadas em manequins de pano.

Num dia de promoção de sedas e casimiras, Rodolfo conhece seu amor, Manoela. A moça acompanha a mãe para comprar alguns vestidos, quando o olhar dos dois se cruzam.

"Boa tarde, senhorita. Procuram alguma coisa específica?", pergunta.

E Manu responde que desejam vestidos para irem a um casamento em Ponta Grossa.

Mais tarde ele descobre que as duas são donas de um armazém de secos e molhados no bairro Água Verde, no mesmo estilo do famoso empório Kaminsky, ou do Furiatti & Cia.

O delas se chama Armazém Miudezas.

Rodolfo se apaixona por Manuela naquele instante e aparentemente a moça também.

Manoela começa a frequentar a alfaiataria todos os dias. Diariamente arruma um pretexto para dar uma passadinha – um botão que solta, uma camisa que descostura embaixo do braço, algum rasgo repentino.

E Rodolfo sempre dá uma fugidinha para caminhar com a moça, ou vão até a praça Eufrásio Correa, ou ao Bar Stuart.

Até que a moça o convida para conhecer o armazém da família e eles pegam o bonde elétrico da linha Água Verde. Um pouco depois do cemitério, saltam. É um casarão grande e bonito, com janelas para rua e um imenso toldo. Na fachada está escrito: MIUDEZAS – em caixa alta.

Logo Rodolfo pega gosto pelas visitas e passa a ajudar a namorada durante as tardes. Para alguém acostumando a oferecer paletós e coletes, não é muito difícil convencer os clientes a levar um naco de gorgonzola ou um vidro com ovos de codorna.

Então o rapaz passa a dedicar suas horas metade na alfaiataria, metade no armazém, pois Manoela e os pais percebem logo de cara a seriedade e facilidade de Rodolfo para lidar com o público.

Em menos de um mês, com a participação dele, aumenta a venda de salames, queijos, vinho, cachaça e bolachinhas amanteigadas.

Rodolfo é uma espécie de papagaio do bico de ouro.

Um dos pitéus que mais vendem na Miudezas é

um biscoito com sementes de papoula. Poucos empórios possuem esse doce. Dizem que algumas pessoas sofrem pequenos delírios ao comê-las. Teve até um advogado que voou da janela do sótão de seu escritório e foi encontrado no galho mais alto de uma araucária na Praça Carlos Gomes, cheio de pinhões na boca dizendo que era uma gralha-azul. Mas isso não passa de boato.

Os dias de Rodolfo passam a ser divididos entre panos e migalhas.

Passa as manhãs na alfaiataria e as tardes no armazém.

De vez em quando, depois de jornadas longas, é comum oferecer nacos de linho como petiscos e azeitonas como se fossem botões de paletó.

Isso tudo vai incomodando demais o pai de Rodolfo, pois além do rapaz deixar de vestir para impressionar, agora vive baforando fogo pelas ventas, expirando cachaça da braba.

Teve até cliente da alfaiataria que recomendou que os funcionários da loja chupassem mais balas de menta ou gengibre.

As caixas deixam de ficar alinhadas, os tecidos escorrem como se fossem aguardente.

O estoque que antes era minuciosamente organizado, está agora virado num caos de roupas mal dobra-

das e pedaços perdidos. As traças – bem alimentadas e robustas, mergulham entre crateras enormes, criando moradas sem serem incomodadas.

Até as letras da placa – Perseverança – ficam apagadas com o tempo, somem sob a poeira dos dias.

Já no armazém Miudezas, Rodolfo e Manoela recebem com muita alegria os carroções que chegam, cobertos de toldos cilíndricos. Lotados de grãos, carne, broas de centeio, leite. A maioria são poloneses, das colônias Tomás Coelho e Muricy. São mulheres e homens com mãos enormes. Descarregam os barris com muita facilidade. Já o vinho vem de Santa Felicidade, no lombo dos veículos dos italianos.

Foi Rodolfo que teve a ideia de colocar algumas mesinhas em frente ao empório, onde os clientes passaram a frequentar, admirando demais as iguarias, as morcilhas, os chouriços, as tábuas de miudezas (como foi apelidada) que o pai de Manoela serve com tanto capricho.

Morcegos e corujas servem as mesas com pó de sereno e potes de estrelas insones.

Personalidades passam a frequentar o empório – o prefeito e sua esposa, o filósofo e escritor Dario Velozzo acompanhado das musas pitagóricas e até mesmo Marina Pinheiro de Castro – a rainha da primavera dos Jogos Florais de Olímpia. Também alguns potypos que moram nas redondezas, o que obrigou a família a dispor algumas mesas e cadeiras especiais aos gigantes, maiores do que o normal, confeccionadas pelo Jão do Pinho, um marceneiro especialista em móveis deste tipo.

Nos dias de folga, Rodolfo e Manoela aproveitam para passear pela cidade.

Resolvem ir juntos para ver o dirigível Hinderburg chegar na praça Tiradentes.

O Zeppelin saiu mês passado de Frankfurt e passou por Sevilha, depois Recife, Rio de Janeiro, até chegar finalmente em Curitiba. Tem mais de duzentos metros de comprimento.

Decidem fazer roupas especiais para o evento e para isso vão até a alfaiataria Perseverança. Ele escolhe um terno begezinho claro, com camisa branca e uma gravata borboleta rosa. E ela encomenda um vestido azul claro, com costuras e botões brancos.

O pai de Rodolfo fica feliz em ver o filho de volta, envolvido com a lida e as tesouras, mas o rapaz diz que ainda ficará algum tempo trabalhando no armazém.

Munidos de caixas de piquenique e binóculos, seguem em direção ao centro da cidade.

Em frente à igreja, uma aglomeração de pessoas arrumadas e perfumadas. Uma roda de samba enorme toca no meio da praça, enquanto mulheres e homens dançam em volta, com copos e espetinhos em mãos. Os aromas se misturam sob as marquises das sapatarias e frutarias. Com relógios em mãos, olham para o céu.

Atracam-se em alguns sanduíches e bebem um conhaque dos bons que Rodolfo levou numa garrafinha no bolso de dentro de seu paletó.

A sombra do Hinderburg escurece a praça.

Todos gritam "Oh, como é grande!".

"Parece um cachalote."

O som de suas turbinas ofusca qualquer tentativa de samba.

Os instrumentos calam. As maçãs caem no chão.

O grandalhão quase encosta numa das antenas da igreja.

Mais bonito que uma nuvem.

Arrasta os ponteiros dos relógios da Catedral.

Durante meia hora a cidade para.

Rodolfo repara numa criança bem esquisita, que parece uma caveira, usando bermuda e roupas engraçadas, ao lado de uma outra menina.

Assim que a baleia se afasta e some entre as araucárias, o grupo de samba volta a tocar.

Jura, jura, jura
Pelo Senhor
Jura pela imagem
Da Santa Cruz
Do Redentor
Pra ter valor a tua jura
Jura, jura, jura
De coração
Para que um dia
Eu possa dar-te o amor
Sem mais pensar na ilusão

Daí então
Dar-te eu irei
O beijo puro
Da catedral do amor
Dos sonhos meus
Bem junto aos teus
Para fugirmos
Das aflições da dor

Jura, jura, jura

Assim que o dirigível ficou do tamanho de um pinhão no horizonte, as pessoas começaram a dispersar. A maioria foi embora andando, mas alguns subiram nos bondes elétricos e outros pegaram os carros estacionados na rua de trás.

Rodolfo e Manoela seguiram andando em direção à Praça Osório.

O casal adora visitar os botecos do centro. São fãs da carne de onça do Stuart, do pernil com verde do Bar Mignon e das empadas do velho Enrico Caruso. Esta última, vizinha da loja de lãs e artefatos de tricô da dona Gladys, a Mercearia Caruso distingue-se das outras por oferecer deliciosos sorvetes cremosos de leite fresco, apfelstrudell, sonhos recheados com nata batida na hora e as tradicionais empadas de massa folhadas.

Desta vez foram beber um vinho na adega do Júlio Oliveira, que fica um pouco depois da Casa Roskamp.

Os dois passam a levar a sério "o gole".

É comum vê-los "Tchuquetonis", como diziam os italianos – bêbados entre compotas de pepinos e pilastras de salames enviesados, no armazém. Cantam alto e dançam – quase caem pelas barrancas do rio Água Verde.

"Um casal alegre", explica Jão do Pinho.

Rodolfo, às vezes bêbado, desce do bonde, tropeça e quase descarrilha o prumo, ao ser arremessado por um dos bancos sobre o barranco.

O moço, que antes costumava vestir para impressionar, agora vive aos frangalhos. Colete arregaçado e braguilha aberta. Sapato gasto. Paletó com tecido costurado no cotovelo, perfume natural de aguardente.

Porém, apesar disso, mais perfeito aos olhos de Manoela, que nem liga.

São mesmo um casal alegre.

Homens e mulheres sentem-se à vontade por lá.

Miudezas passa a ficar mais tempo aberto, até quase dez horas da noite.

Mais e mais carroças polonesas e italianas passam a entregar produtos. Não há salame, morcilha e vinho que chegue.

***

Dias se passam e Rodolfo esquece de visitar o pai na alfaiataria.

Os dias agitados e acalorados no armazém dominam todo seu tempo.

Além de que acorda ao meio dia, principalmente depois de alguma festa ou noite de roda de samba.

Ao visitar a alfaiataria de seu pai, a encontra bem abandonada. A placa meio torta, nenhum cavalete com promoções na calçada. As letras meio apagadas pelo tempo.

"Pai? Oi pai! Está aí?", chama ao entrar.

O velho, recluso, costura uma calça ao lado de um morro de tecidos cortados lá dentro. Há nacos de panos por todos os lados, pendurados nas cadeiras, sobre as velhas mesas, na cabeça dos manequins. Pilhas de revistas e jornais, máquinas de costura abandonadas.

O velho manda o filho ir embora. Diz que não precisa mais de sua ajuda: "Volte lá para o armazém".

Rodolfo ainda tenta argumentar, em vão.

E resolve mesmo voltar para o Miudezas, onde passa a beber muito mais.

Rodolfo não entende o que pode ter acontecido com o pai. Mas ele sabe o quanto que o velho gostaria que ele tivesse sido um exímio costureiro. Talvez seja também ciúmes. Vai saber.

* * *

Rodolfo anda abatido e doente.

Dores no fígado o impedem de beber tanto quanto antes.

Manoela cuida do namorado, preparando uns chás, tentando convencê-lo a comer apenas torradas, essas coisas.

Certo dia, numa manhã fria de inverno, aparece uma carroça que Rodolfo e Manoela não estavam acostumados a ver. Não é parecida com as dos poloneses nem com a dos italianos. Lembra mais uma charrete. Conduzido por uma figura taciturna com um capuz preto escondendo o rosto. Quase não dá para vê-la por causa da bruma espessa.

Ela diz que não veio para trazer nada. Nem ovos, nem leite.

"Esta carroça carrega as almas. Deste mundo para o além. E hoje vim lhe buscar, Rodolfo"

O rapaz fica desesperado. Diz que não está preparado para a morte, que nem se despediu do velho pai.

A encapuzada permanece imóvel, esperando que ele suba.

Manoela o abraça, chora, desesperada.

Até que o pai da moça vem lá de dentro da casa, com sua famosa "Tábua de Miudezas" em mãos – montada com as melhores iguarias: azeitonas, salames, queijos de vários tipos, ovos de codorna, vinas cortadinhas.

A senhora morte, ao ver o prato, não se aguenta e resolve descer.

"Olha lá, só uns minutinhos hein?", adverte.

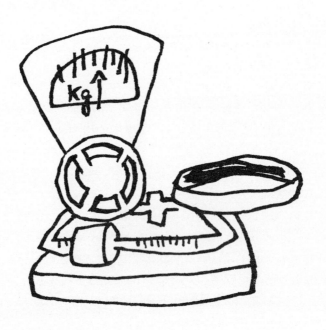

Mas sentada com a família numa das mesinhas, acaba ficando.

A mãe de Manoela serve vinho e logo chega o grupo de samba e começam a tocar.

Ô, ô, ô, ô, ô,
A roda de samba formou
A batucada começou
O meu amor vai se embora
Bem em cima da hora
Fica mais, meu amor
Não vai já não, por favor
Ainda não, olha a lua
Que é pra passar, bate o pé
Levanta o pó, fica mais
Não vai já não
Ô, ô, ô, ô, ô,
A roda de samba formou
A batucada começou
Canta
Esse samba com harmonia
Vem na voz muita alegria
Interpreta a melodia
Entra no meu corpo no compasso
Fica no passo, até raiar o dia, ai, Ai

E depois de muitos petiscos, a dona Morte resolve mesmo deixar Rodolfo mais um dia.

Alerta: "Só porque a festa está boa e eu bebi demais. Amanhã voltarei no mesmo horário".

Rodolfo e Manoela respiram aliviados, bebem, dançam e se amam como se fosse o último dia.

***

Depois disso, a encapuzada torna a visitar o armazém mais algumas noites. E em todas, é muito bem servida de miudezas fantásticas. Em cada dia um cardápio distinto, com diferentes vinhos.

Em troca do bom trato, vai deixando Rodolfo continuar.

Em tanto tempo de trabalho, nunca tinha feito algo assim. Mas pensa que isso não vai interferir tanto assim no alinhamento do tempo e do universo.

Rodolfo torna-se um ser imortal. Garçom da morte.

Se mantém vivo enquanto a cidade se transforma.

A primeira mudança impactante é a morte dos pais de Manoela, que são enterrados ali mesmo, atrás do armazém, onde fincam duas cruzes.

O serviço fica mais trabalhoso, o que leva o casal a contratar um funcionário, Aristeu, que depois de alguns anos morre também.

Enquanto o armazém fica, tudo ao redor se modifica.

É bem triste quando Rodolfo sabe da morte do pai. Corre até a alfaiataria e o encontra caído sobre restos de blêizeres e fitas métricas.

Depois a alfaiataria vira uma sapataria que vira uma lotérica, que vira uma igreja.

Um escritor chamado Dalton Trevisan lança uma revista literária chamada Joaquim.

A cidade se transforma. Uma imensa biblioteca é construída no centro. A Universidade Federal pega fogo. Alguns anos depois, o Teatro Guaíra também.

A Rua da Liberdade passa a se chamar Barão do Rio Branco e a Rua da Bola, Dr. Muricy.

Os bondes elétricos são substituídos pelos ônibus.

Um artista chamado Poty Lazzarotto começa a fazer diversos murais pela cidade.

A Rua XV de Novembro, que antes trafegava carros, vira rua para pedestres.

Um arquiteto chamado Lolô Cornelsen de destaca no meio imobiliário, projetando casas belíssimas no estilo modernista. Alguns anos depois elas passam a ser demolidas para darem lugar a edifícios de gosto duvidoso.

A antiga prefeitura se transforma em paço.

Surgem novas lojas e fecham outras.

Surgem novos parques – Tingui, Tanguá, Bosque Alemão.

Um novo teatro chamado Ópera de Arame é construído ao lado da Pedreira Paulo Leminski.

Em dois mil e dois, o Museu Oscar Niemeyer é inaugurado com a conclusão do anexo, passando a ser conhecido também como Museu do Olho.

Arranha-céus crescem ao redor das velhas casas de lambrequins. Algumas ainda respiram – entre muros altos onde os gatos não andam.

E o armazém Miudezas também. Sob a sombra da parede de prédios ao redor.

As pessoas ficam impressionadas com como Rodolfo e Manoela permanecem novos, com rostos joviais apesar de tudo.

Quando indagada, Manoela responde que é graças ao botox.

Já Rodolfo diz que o segredo está nos ovos de codorna.

Até quando eles aguentarão, ninguém sabe.

Mas enquanto tiverem bons quitutes, a dona morte fará vistas grossas.

Aliás, é um mistério como ela enxerga com o rosto enfiado naquele capuz pretaço.

SOBRE O AUTOR

Fabiano Vianna nasceu em Curitiba, Julho de 1975. Formado em Arquitetura e Urbanismo pela PUCPR em 2001. Escritor, designer e ilustrador. Lançou em 2009 uma revista de literatura pulp chamada" LAMA" – de suspense e terror. Iniciou em 2017 um projeto de desenhar cenas de terreiro e entidades da Umbanda, chamado "Sketchmacumba". Coautor do livro "Sketchers do Brasil" e integrante do movimento "Urban Sketchers". Lançou seu primeiro livro de contos: "Quem costura quando Mirna costura", pela editora Arte e Letra em 2021.

Este livro foi produzido no Laboratório Gráfico
Arte & Letra, com impressão em risografia
e encadernação manual.